VENTE

Du Samedi 7 Juin 1884

HOTEL DROUOT, SALLE N° 1.

BELLES TAPISSERIES

ÉTOFFES

ARMES — MEUBLES

EXPOSITIONS :

Particulière : Le Jeudi 5 Juin 1884.

Publique : Le Vendredi 6 Juin 1884.

COMMISSAIRE-PRISEUR

Mᵉ P. CHEVALLIER

10, rue Grange-Batelière.

EXPERT

M. Ch. MANNHEIM

7, rue Saint-Georges.

HOMO
ADDITUS
NATURAE
IMPRIMERIE DE L'ART

CATALOGUE

DE BELLES

TAPISSERIES GOTHIQUES

ET AUTRES

PANNEAUX BRODÉS DU TEMPS DE LOUIS XIII

ÉTOFFES ANCIENNES

Armes et Armures — Meubles en bois sculpté

PENDULE LOUIS XIV EN MARQUETERIE

MEUBLES DE SALON EN BOIS DORÉ ET TAPISSERIE

Objets variés

DONT LA VENTE AURA LIEU

HOTEL DROUOT, SALLE N° 1

Le Samedi 7 Juin 1884, à 2 heures

Par le Ministère de **M⁰ Paul CHEVALLIER**,
commissaire-priseur, 10, rue de la Grange-Batelière,

Assisté de **M. Charles MANNHEIM**, expert,
7, rue Saint-Georges.

EXPOSITIONS

PARTICULIÈRE :	PUBLIQUE :
Le Jeudi 5 Juin 1884	**Le Vendredi 6 Juin 1884**

DE UNE HEURE A CINQ HEURES

Le présent Catalogue servira de carte d'entrée à l'Exposition particulière

CONDITIONS DE LA VENTE

Elle sera faite au comptant.

Les adjudicataires payeront *cinq pour cent* en sus des enchères.

L'exposition mettant le public à même de se rendre compte de l'état des objets, il ne sera admis aucune réclamation une fois l'adjudication prononcée.

Paris. — Imp. de l'Art, J. Rouam, 41, rue de la Victoire.]

DÉSIGNATION DES OBJETS

TAPISSERIES

1 — Très grande et belle tapisserie gothique à sujet
ayant trait à diverses scènes de mariage ;
composition d'un grand nombre de figures
en riches costumes du temps. L'encadrement ou bordure est formé d'une couronne
de fleurs sur fond vert foncé.

Haut., 3 m. 55 cent.; larg., 6 m. 6o cent.

2 — Autre grande et belle tapisserie provenant de
la même suite que la tapisserie qui précède
et représentant un sujet analogue. On lit
dans le haut : Deana, Neptvnas, Mestra.

Haut., 3 m. 15 cent.; larg., 5 m. 4o cent.

3 — Autre belle tapisserie provenant également de
la même suite que celles qui précèdent. Elle

représente un grand nombre de personnages en riches costumes du temps.

Haut., 3 m. 40 cent.; larg., 5 m. 20 cent.

4 — Grande tapisserie verdure avec oiseaux et bordure composée d'ornements.

Haut., 2 m. 65 cent.; larg., 4 m. 85 cent.

5 — Tapisserie analogue à celle qui précède.

Haut., 2 m. 95 cent.; larg., 3 m. 25 cent.

6 — Deux portières formées chacune d'une tapisserie verdure encadrée de fleurs et d'ornements.

Haut., 2 m. 80 et 2 m. 70 cent.
Larg., 2 m. 20 et 1 m. 35 cent.

7 — Tapisserie verdure bordée de deux côtés d'ornements, de fleurs et d'oiseaux.

Haut., 3 m. 10 cent.; larg., 2 m. 40 cent.

8 — Tapisserie verdure bordée de trois côtés.

Haut., 2 m. 95 cent.; larg., 2 mètres.

9 — Tapisserie verdure encadrée d'ornements et de
fleurs.

Haut., 3 m. 20 cent.; larg., 3 m. 5 cent.

10 — Portière formée d'une tapisserie verdure.

Haut., 2 m. 20 cent.; larg., 1 m. 55 cent.

10 *bis*. — Bande de tapisserie en hauteur, animaux
dans des paysages.

TENTURES

11 — Quatre panneaux du temps de Louis XIII
représentant des personnages en riches
costumes du temps exécutés en étoffes de
soie de couleur avec rehauts de broderies.
L'encadrement bordé se compose de fleurs
polychromes.

12 — Deux panneaux en largeur en velours ponceau
et soie bleu clair avec application d'arceaux
de style oriental, en soie jaune et broderies
d'argent.

Haut., 1 m. 80 cent.; larg., 5 m. 30 cent.

13 — Panneau semblable à ceux qui précèdent, mais
plus petit.

Haut., 1 m. 80 cent.; larg., 3 m. 50 cent.

14 — Quatre belles portières et trois lambrequins en
velours de Gênes ponceau, à riche dessin ton
sur ton.

Hauteur des portières, 2 m. 40 cent.; larg., 1 m. 10 cent.

15 — Huit coussins couverts de petits tapis d'Orient
veloutés.
Coussin couvert en velours, à dessin brun
sur fond blanc.

16 — Deux coussins carrés couverts de broderies
persanes.
Trois grands panneaux en drap cramoisi,
décorés de broderies en relief vertes et blan-
ches et portant à leur centre de grands
écussons armoriés.

17 — Environ soixante-dix mètres de brocatelle
ponceau à riche dessin.

18 — Six lés d'environ un mètre de hauteur d'étoffe
de soie à fond vert et décor de fleurs et
feuillages en or et en couleurs.

19 — Six lés d'étoffe à fond bleu et décor de paysages et habitations en blanc.

20 — Lambrequin en soie blanche décoré de rinceaux, coupes de fleurs, oiseaux, etc. Époque Louis XIV.

21 — Robe Régence à fond bleu, à décor de fleurs et habitations brochées en couleur et or.

22 — Petit tapis carré en satin ponceau avec application d'ornements et de couronnes brodés, enrichi de grenats. xvie siècle.

23 — Robe en brocart saumon à riche dessin.

ARMES

24 — Cuirasse de parade en cuivre repoussé et doré, couverte de figures allégoriques, de trophées d'armes et d'ornements. Travail de la fin du xvie siècle.

25 — Armure décorée de bandes d'ornements, de rinceaux, de figures de guerriers et de bustes.

Elle se compose de la cuirasse, du colletin, des brassards avec épaulières, des jambières, des gantelets et du casque à visière.

26 — Heaume à visière à bombe unie. XVIe siècle.

27 — Casque en fer à bombe et crête unis.

28 — Longue pertuisane gravée avec hampe couverte en velours, cloutée de cuivre.

29 — Hallebarde gravée à armoiries et ornements et portant la date de 1594.

30 — Épée à triple garde et à quillons courbes incrustée d'argent.

31 — Trois autres épées à gardes variées de formes. Petit canon en bronze avec armoiries et mascarons en relief et portant la date de 1650.

MEUBLES & BOIS SCULPTÉS

32 — Boiserie transversale à arceaux gothiques, supportée par des colonnettes à chapiteaux

sculptés et montants ornés de contreforts à clochetons. Elle est garnie de deux portes.

33 — Cassone en bois sculpté et doré avec cariatides aux angles et griffes de lion, enrichie sur sa face et sur les côtés de panneaux peints représentant un retour de chasse. Travail italien des premières années du xv° siècle.

34 — Petit meuble à hauteur d'appui fermant à une porte, en bois de noyer sculpté en bas-relief à cariatide de guerrier et à trophée d'armes. xvi° siècle.

35 — Meuble à deux corps et à quatre portes, décoré d'ornements sculptés. xvi° siècle.

36 — Bahut en bois de noyer à mascarons, ornements et mufles de lion sculptés en bas-reliefs et à montants formés de cariatides. xvi° siècle.

37 — Autre bahut en bois de noyer décoré sur la face et sur le dessus d'ornements et de figures de génies. xvi° siècle.

38 — Beau lit Henri II à colonnes, avec sa garniture en guipure et en broderies anciennes.

39 — Deux belles encoignures Louis XIV ornées de
bronzes.

40 — Pendule Louis XIV en marqueterie d'écaille et
cuivre, garnie de bronzes.

41 — Très grande glace à biseau avec large cadre à
fronton en bois noir et racine de bois garni
d'appliques en cuivre estampé.

42 — Très petit miroir avec cadre en bois noir et
appliques en cuivre.

43 — Commode Louis XV fermant à deux tiroirs, en
placage d'acajou, garnie d'ornements en
bronze ciselé et doré. Le dessus est formé
d'une tablette de marbre brèche d'Alep.

SIÈGES

44 — Chaise à dossier plein en bois de noyer sculpté
et sur pieds tournés; le siège est garni d'un
coussin en velours à dessin doré sur fond
blanc garni de glands. xvie siècle.

45 — Six grandes chaises espagnoles couvertes en
cuir brodé.

46 — Quatre hautes chaises couvertes en drap vert
et fleurs brodées au point.

47 — Cinq chaises variées de formes couvertes de
velours ponceau.

48 — Meuble de salon Louis XVI en bois doré et
tapisserie de Beauvais, composé d'un petit
canapé et de six fauteuils.

49 — Meuble de salon Louis XIV, en bois doré et
damas de soie; il se compose d'un canapé,
six fauteuils et quatre chaises.

FAIENCES

50 — FABRIQUE DE CASTELLI. — Grand plat rond décoré au centre d'un sujet de chasse et au
marli de rinceaux ornés.

51 — FABRIQUE ITALIENNE. — Grand plat rond à
décor polychrome et à compartiments figures
mythologiques.

52 — Fabrique vénitienne. — Plateau rond décoré
de paysages.

53 — Fabrique italienne. — Plaque carrée portant
le monogramme du Christ dans un médaillon
à rayons en relief émaillés blanc sur fond
bleu. xvie siècle.

54 — Fabrique d'Urbino. — Pot à anse, décor polychrome offrant sur la face deux pénitents
blancs en prière au pied d'une croix.

55 — Même fabrique. — Coupe ronde à décor de
grotesques sur fond blanc et médaillons au-
tour en camaïeu jaune.

56 — Fabrique de Milan. — Petit plat à décor de
fleurs en relief rehaussées de bleu, de rouge
et d'or.

57 — Fabrique de Venise. — Plateau rond sur pié-
douche, décoré de monuments et de statues
en camaïeu brun avec fond de paysage polychrome.

OBJETS VARIÉS

58 — Plat rond vénitien en cuivre jaune gravé à
   ornements. xvie siècle.

59 — Bassin rond et creux en cuivre rouge, décoré d'oiseaux et de rinceaux en relief.
   xviie siècle.
      Trompe de chasse en ivoire sculpté à sujet
   de chasse en bas-relief. Travail moderne.

60 — Harnais de cheval en velours cramoisi du
   temps de Louis XV, garni de bronze doré.

61 — Buste de femme en marbre blanc.

62 — Bas-relief sans fond représentant l'Adoration
   des Rois Mages. Sculpture en bois peint du
   xvie siècle.

63 — Deux potiches à couvercle en poterie de Sat-
   zuma, décorées de fleurs émaillées en couleur
   avec rehauts de dorure.

64 — Statuette en bronze : allégorie de la Sagesse.
   xviie siècle.

65 — Bas-relief carré en terre cuite représentant la
Vierge vue à mi-corps, l'Enfant Jésus et
saint Jean.

66 — Vingt boutons émail bleu, étoilé d'or avec en-
tourage de strass.

67 — Sonnette du xvie siècle en bronze avec manche
formé d'une figurine de guerrier.